Tompeter

Am Wortspielplatz

Ironie ~ Kalauer ~ Jonglagen

© 2014 Tompeter

Umschlag, Illustration:
Idee und Bild: Tompeter
Grafische Bearbeitung: Daniel Körner-Schenk

Lektorat, Korrektorat:
Karl Ablinger

Verlag:
tredition GmbH, Hamburg

ISBN
Paperback   ISBN 978-3-8495-6714-9
e-Book   ISBN 978-3-8495-9264-6

Printed in Germany

Inhaltsverzeichnis

Vorwort

Wir sind Tompeter, die Wortakrobaten. Wir haben keinen doppelten Boden, aber wir geben Wörtern doppelte Bedeutung, wir sind Buchstabenmechaniker, wir sind die Silbensäger, wir verdrehen und zerstückeln, nennt uns ruhig Literaturkannibalen, wir sind die Frankensteins der Germanistik, denn wir kreieren neue Wörter und Sätze, wir lassen die Schlagwörter sprechen, so wie Bud Spencer und Terence Hill die Fäuste. Wir sind die Typen mit dem Grammatick, unsere geistigen Ergüsse sind wie Faschiertes, weil wir die Wörter vorher durch den Fleischwolf drehen, kein Name ist vor uns sicher, wir sind die Poser der Prosa. Wir konzentrieren uns auf das Wesentliche, wir bieten euch Literaturrohkost, Buchstabensalat inklusive! Wir sind verantwortlich für den Wortwechsel, die revolutionären Konfektionsgrößen, wir erfinden neue Kleidersätze mit Lesestoff, wir kleiden uns elegant, mit Verbalgewand, verbal gewandt, und trotzdem entspannt, die Typen vom Land.

Vom As- bis zum Brandenburger Tor ist es vielleicht rein sein Gebiet, aber Vorsicht: ein erster Redeschwall aus Oberösterreich erreichte bereits Bayern, und bald werden es heftige Kalauerschauer die einem kalte Gänsefüße bescheren! Das Textfeld wird von hinten aufgerollt, beflügelte Worte bleiben als Tenor des Vokalensembles symbolträchtig und bedeutungsschwanger als Vermächtnis im Gedächtnis.

Der betont verdichtete Wortschatz untermauert die Redseligkeit und lässt euch aus dem Komma erwachen, ehe wir Silbensprenger alles auftrennen und neue Wortspionage betreiben. Wir essayen schlürfend die Buchstabensuppe mit dem Beweisheitslöffel, damit dem Ruf ein Zeichen ohne Frage vorausgeht. So lasst euch einladen, mit uns die Jagd nach den Apostrophäen zu beginnen! Kommt mit uns in die Gedankengänge! Ein neuer Wortspielplatz öffnet seine Pforten: hereinspaziert, leset ungeniert!

Tompeter

[sic!]

Die kranke Information

Kurier dich am Weekend gut aus, Brigitte, damit du ab Montag die ganze Woche wieder deinen gesundheitlichen Standard erlangst. Dann kannst du mit Augustin wieder die News austauschen, der hat zwar kein Penthouse, ist aber trotzdem unser Platzhirsch. Wenn es geht, dann versuch täglich alles!

In der Abo-Theke holt dir jemand aus dem Lager oder Magazin ein Extrablatt von der Heilteepflanze gegen deinen Hustler.

Als mündiger Konsument kannst du rundum Garten+Haus ein paar Kraut-& Rübensorten pflanzen, da bekommst du Gusto auf gesunde Ernährung und nebenbei wirst du schöner Wohnen bei deinen Eltern!

Dein Hobby „Schmetterlinge fangen" musst du kurz bleiben lassen - da fällt dir kein Rolling Stone aus der Krone, wenn du mal einen Falter nicht erwischst.

Noch was Brigitte: Der Orthopäde, den ich dir empfohlen habe, meint zwar, dass Men's Health an erster Stelle stehen sollte, er hat aber auf seinem Online-Profil gepostet, dass er kein Oberösterreicher ist und sein Fach nicht so gut versteht! Geh´ doch mit deinen Wehwehchen in ein anderes Bundesland und lass dir deine Knochen zum Beispiel bei einem Salzburger Nachrichten – das wäre doch GEO-logisch!

Wirf auch einen Blick in den Wochenspiegel und halte Rundschau, wegen irgendwelcher Tips zum Gesundwerden. Wenn du überfordert bist, denke eventuell auch an eine Gesprächstherapie, denn natürlich ist Psychologie heute und auch morgen wichtig.

Irgendwie glaube ich, dass es mich jetzt auch erwischt hat, liebe Brigitte! Wahrscheinlich habe ich mich angesteckt. Bis ich wieder flugtauglich bin, muss ich noch etwas warten. Ich schaue auf die Uhr und vergleiche unsere mit den New York Times – da will ich mal hin. Derweil mache ich Wickel im passenden Format, die Presse ich auf die Furche am Ohr, aber so, dass ich wenigstens noch Radio hören kann. Der Moderatorin, sie ist eine Wienerin, höre ich gerne zu weil sie praxistaugliche Gesundheitstipps gibt.

Nur so nebenbei: Ich mag das TV-Media – die ist echt ein Gewinn und macht ein gutes Bild, so mein FAZit – ich glaube sie ist Süddeutsche! Wenn ich die im Fernsehen sehe, esse ich ein Chip, dann geht's mir gleich wieder ein klein wenig besser.

Druckfrisch Skip ich aber jetzt wieder zurück zur Gesundheitsvorsorge, liebe Brigitte: Es ist anzuraten, immer wieder mal eine Sportwoche einzulegen. Sich einfach Bewegen in der Natur, im Land der Berge! Ob zu Fuß, oder mit dem Bike: Servus, da bekommst du Landlust. Unterhaltsamer ist die Bewegung sicher mit einer Freundin, ob sie jetzt Petra oder Lisa heißt, spielt keine Rolle. Aber: ob alleine oder mit Begleitung – krank erträgt man die Zeitungern!

Der Schneider

Ich habe Schneider gelernt.

Ich gehe nicht gerne auf Messen.

Ich gehe nicht gerne auf Märkte.

Ich gehe nicht gerne in Vergnügungsparks.

An solchen Orten habe ich Angst.

Die Marktschreier hetzen gegen mich und von
überall hört man es:

„Treten sie Näher, treten sie Näher!!"

Süße Abenteurer

Es war einmal ein furchtloser Raider, er nannte sich Twix. Seine Markenzeichen waren seine schokobraune Haut, sein Zuckerhut und seine Snickers, in denen er seinen Plattfuß versteckte.

Mit seinem treuen Freund Karamell Nemsi ritt er in langen Sommern durch öde Desserts und jagte Lions aus ihrem Nestle. Im Winter zogen die beiden Freunde über Firn und Gletschereis, um Eisbären zu erlegen. Sie brauchten jedoch keine Duplos für ihre Abenteuer, nicht einmal bei einer Prinzenrolle.

Twix war ein harter, knackiger Bursche. Nur eine brachte ihn zum Schmelzen, nämlich die äußerst üppig und prall gefüllte Lolly Ferrero. Um bei der Wahrheit zu bleiben, er wurde an einsamen Tagen auch manchmal bei anderen Sahneschnitten weich, verwendete aber stets Sportgummi und nahm davor Brausepulver, der Hygiene wegen....

An Feierabenden tranken die beiden Draufgänger um die Wette Beer, Whiskey und Milk a. Wenn der Barmann fragte, ob sie ein Bier wollen, antworteten sie stets: Nimm 2. Sie tranken einen Toblerone mit der Wimper zu zucken, yes! Wurde jemand frech, zog Twix sein Magnum und sagte: Leg' dich niemetz mit einem Manja wie mir an, weil ich dir sonst eine in den Lackritz. Wenn sie einen richtig guten Tag hatten, spielten Karamell, der Araber, Banjo und Twix der Amicelli.

Doch tags darauf waren die beiden wieder unerbittlich und gnadenlos. Die Manner schnitten streunenden Katzen, sie nannten sie Kitkats, die Schlecker heraus und verschlangen die Katzenzungen wie Kannibalen. Das war wahrlich kein Rittersport mehr.

Viele Monte lang durchstreiften die beiden das Kornland, ihr Weg führte sie vorbei an versiegten Schokobrunnen, an sündigen Strudeln, an Indianern oder auch an der BondArosa von Ben Cartright, quasi an Bensdorf.

Wenn die Schokotaler knapp wurden, heuerten die beiden auch mal auf der Bounty an und überfielen Fischkutter. Wie man sich denken kann, sie waren nicht immer Fisherman's Friend, aber stets treue Insulinianer.

Doch eines Tages wurde ihnen ihre Fruchtlosigkeit zum Verhängnis. Sie wagten sich vom wilden Westen in den wilden Osten, in das Ballaststoffreich des grausamen MüsLi.

Dort wurden die beiden, es war ein hohes Lösegeld auf sie ausgesetzt, vom jungen Gemüse der Dinkelbande gefasst und hinter Schloss und Vollkornriegel gesperrt. Karamell und Twix starben bei dem Versuch, eine Kalorienbombe zu zünden letztendlich an schwerem Unterzucker.

Dämonstration

Unpassend 1

Tröstende Worte bei einer Krankenhausein-
weisung, die in den falschen Hals geraten
könnten:

- Jetzt darfst du heute gratis mit der Rettung fahren!

- Das Gerechte ist, dass jeder sterben
  muss!

- Sei froh, dass du das nicht mitten im
  Dschungel bekommen hast!

- Da wirst auch du Besuch bekommen!

- Es sind die meisten wieder nach Hause
  gekommen! Wie gesagt, die meisten...

- Momentan ist sowieso nichts Interes-
  santes im Fernsehen!

- Da knüpft man immer tolle neue Kon-
  takte mit netten alten Menschen im
  Krankenzimmer!

- Nach einem Krankenhausaufenthalt kann man endlich mitreden was Einlauf, Darmspiegelung und peinliche Situationen betrifft!

- Nach einem Krankenhausaufenthalt weiß man das Essen zu Hause endlich wieder richtig zu schätzen!

- Im Krankenhaus gibt es eine Ernährungsberaterin - vielleicht kann dir die endlich beim Abnehmen helfen!

- Da bekommst du gratis einen Psychologen!

- Dann hat dein Ehepartner mal für kurze Zeit „schöner Wohnen"!

- Da ist es gut, wenn man weiß, dass nur jede zweite Behandlung eine weitere nach sich zieht!

10 Gründe

Von: Peter

Gesendet: Mittwoch, 15.06.2011 22:52

An: Tom

Werter Tom!

Da wir schon mehrmals über die Ursachen des Scheiterns zahlreicher Bands am Musikmarkt diskutiert haben, müssen wir nun beginnen „Gründe für das Scheitern einer Band" zu sammeln, um für die Nachwelt wertvolle Verhaltensweisen zu hinterlassen, damit wir sicher gehen können, dass zukünftig keine Band mehr unkontrolliert den Bach runter treibt.

Knapp 10 Jahre haben wir – ich möchte fast sagen – alles versucht, um die unten stehende Sammlung zu ermöglichen und weitestgehend zu vervollständigen. Da es sich natürlich auch um Material handelt, das sehr „aus dem eigenen Leben gegriffen" wirkt, sollten wir darauf achten, dass wir uns (als außenstehende Experten) dezent davon distanzieren und keine Verbindung zu unserer Biografie hergestellt werden kann, um den Schaden an unserem Ruf möglichst gering zu halten. Vor allem, weil wir eine im

Moment unvorstellbar steile Karriere in einem anderen Medium anstreben.

Vermutlich müssen wir uns noch eine Strategie überlegen, wie möglichst viele aktuell bestehende Bands an diese äußerst wichtigen Informationen kommen. Ich schlage vor, wir beschränken uns vorerst auf den deutschsprachigen Raum!

Also bitte konzentriere dich! Versuche alles bisher Diskutierte, beziehungsweise Gedachte, zu sammeln und mir dann zu schicken. Hier der Beginn der Sammlung von 10 Gründen, warum man als Band garantiert keinen Erfolg haben wird:

- Schreibe, während du aktiv in einer Band bist, eine Liste mit Gründen, warum man als Band garantiert keinen Erfolg haben wird!

- Betrinke dich, während du ein Konzert gibst, wobei du erwähnst, wie toll das ist!

- Wähle als Bandnamen den Namen eines Verdauungsorganes, egal welches!

- Versuche, dir möglichst bedeutungsvolle, beziehungsweise überaus witzige, Ansagen für Lieder auszudenken, die:

  a) sowieso zu lange ausfallen, weil du ständig von Bandkollegen oder Publikum unterbrochen wirst und

  b) nicht nur der Länge wegen, sondern auch inhaltlich keinen Menschen interessieren!

- Betone vor jedem Lied, wie "ganz besonders" es nicht ist, und wie "super-aus-dem-Leben-gegriffen" die Nummer ist!

- Besetze die Instrumente nach Belieben und mit irgendeiner Person aus deinem Freundeskreis, die gerade zur Verfügung steht!

- Verschwende keine Zeit, dich mit technischem Equipment auseinanderzusetzen oder gar, es zu verstehen!

- Gib dich übertrieben karitativ!

- Veranstalte während des Konzertes eine Verlosung, bei der ein Zuseher aufgefordert wird, seine Hosen runterzuziehen!

- Spiele alle Lieder gleich live im betrunkenen Zustand, bevor du sie nüchtern beherrschst!

LG Peter

Re: 10 Gründe

Von: Tom

Gesendet: Freitag, 01.07.2011 19:52

An: Peter

Lieber Peter!

Es könnte bei deinen Aufzählungen tatsächlich der Verdacht aufkommen, als ob wir selber in all diese Fallen des Musikbusiness getappt wären. Ich hoffe, die Leser unserer Ausführungen wissen wohl, dass wir den überwiegenden Großteil aus Recherchen und Beobachtungen der Szene gesammelt haben!

Folgend noch ein paar Ausführungen, beziehungsweise Erfahrungsberichte, die mit unseren Geschichten und Erlebnissen kaum etwas zu tun haben. Es wäre wichtig, dass diese „Gebote" der modernen Rock- und Popmusik viele engagierte Jungmusiker erreichen, um ihnen viele steinige Jahre und Fehltritte vor dem großen Durchbruch zu ersparen.

WEITERE 10 Gründe (+ 1 weiterer, weil auf der Zunge gelegen), warum man als Band garantiert keinen Erfolg haben wird:

- Ignoriert die Meinung von routinierten Musikern - sie sind nur eifersüchtig, weil ihr kurz vor einer erfolgreichen Karriere als Rockstars steht!

- Gebt euch vor euren Zuhörern und Fans als unnahbar und arrogant! Nur so werdet ihr als Rockstars geachtet und ehrfürchtig bewundert!

- Versucht nicht, irgendwelche begabten Musiker an Bord zu bekommen, die dann aber im Backstage-Bereich an der Bar ihren Mann nicht stehen!

- Verfasst vor eurem ersten Auftritt lieber schon mal den Konzertbericht für eure Homepage und überlegt euch, was ihr zu den vielen Managern sagt (das kann bis zu Stalking gehen, weil euch jeder will), wenn ihr plötzlich (nach eurem ersten Gig im Jugendzentrum) berühmt seid!

- Vergeudet eure Zeit nicht mit dem ständigen Üben von Gitarrensolis und Bassläufen - übt lieber Posen und Sprünge, die ihr dann auf der Bühne zum Besten gebt!

- Probt nicht immer dieselben Songs bis zur Perfektion! Viel cooler ist es, Songs, die ihr ohnehin drauf habt, durchzuspielen.

- Investiert nicht gleich eure ersten Gagen wieder ins Equipment, sonst müsst ihr bei der Bandweihnachtsfeier selber tief in die Tasche greifen!

- Lasst die Finger von teuren Markeninstrumenten und Markenamps! Die Musik-Dilettanten im Publikum hören sicher keinen Unterschied zwischen teurem und billigem Zeugs.

- Benutzt anstatt Fachausdrücken aus dem Musikerjargon, beispielsweise "muten" beim Gitarre spielen oder "Line Up" für die Bandreihenfolge, lieber laienhafte Ausdrücke wie "abdämpfen" oder fragt bei der Festivalorganisation nach "waun miass ma den spün"! Das ist viel authentischer und hat nichts mit mangelnder Erfahrung oder Unwissenheit zu tun.

- Betont stets und bei jedem, wie schlecht ihr eigentlich seid und beweist auf der Bühne das Gegenteil!

- Kommt ruhig bei jedem Gig zu spät und stellt viele Forderungen an die Veranstalter! Sicher werdet ihr im nächsten Jahr gleich als Headliner engagiert. Denn wenn ihr nicht schon eine große Band wärt, hättet ihr ja nicht solche Staralüren.

lG Tom

P.S.: Freu' mich schon auf "NOCH 10 Gründe warum man als Band garantiert keinen Erfolg hat", welche der Rubrik "SCHON WIEDER 10 Gründe, warum man als Band garantiert keinen Erfolg hat", vorausgeht.

Aw: Re: 10 Gründe

Von: Peter

Gesendet: Samstag, 20.08.2011 21:18

An: Tom

Werter Tom!

Natürlich stellt sich die Frage zu Parallelen unseres regionalen, vergangenen Schaffens. ABER: die Leute, die uns kennen, wissen um unser strukturiertes, gutbürgerliches Sozialverhalten und um unser konzentriertes Auftreten in der Öffentlichkeit. Aufgrund der angeführten, vor allem in jugendlichen Kreisen praktizierten, bedenklichen Verhaltensweisen, kann alleine schon aufgrund unseres biologischen Alters keine Verbindung zu Vermutungen entstehen, uns als Protagonisten dieser Themensammlung darzustellen.

Na ja, und Leute, die uns nicht kennen, werden bei genauem und aufmerksamen Lesen feststellen, dass bei jedem angeführten Punkt eine tiefgründige Weisheit dahintersteckt, die einer philosophischen Betrachtung eines Gelehrten über die Welt ähnelt, und einem pöbelartigen Teilhaben an jedweder Praxis dieser von uns angeführten Punkte die Sicht verstellt.

Also, lassen wir den Ergebnissen unserer Feldstudie freien Lauf und sammeln wir weiter.

Willkommen bei: „NOCH 10 Gründe, warum man als Band garantiert keinen Erfolg haben wird" (ok, es sind 12, aber wer so genau schaut, hat eh´ nichts Gutes im Sinn):

- Nimm dir bloß keine Gesangsstunden! Durch ständiges fachliches Training wird sehr wahrscheinlich der Charakter deiner besonderen Stimme verloren gehen.

- Verwende in deiner Bandbeschreibung Ausdrücke wie „wir lassen uns in keine (noch so kleine) Schublade stecken und glaube, damit interessant zu wirken!

- Probe nicht zu einfache Lieder ein, es ist besser anspruchsvoll zu wirken und ein paar Fehler zu machen, als „einfache" Lieder so gut zu beherrschen, dass einem auf der Bühne beim „Performen" langweilig wird!

- Wenn ihr als Band gerade eine stressige Zeit habt, bleibt unbedingt dran, egal wie ausgebrannt alle sind! Als Band muss man jederzeit auf der Bühne stehen, sonst macht es keinen Spaß.

- Möble deine Freizeit mit 3-4 anderen Hobbies auf! Der ständige Aufenthalt im Proberaum ist eben öde.

- Bleibe nie im selben Tonstudio! Bei neuen Aufnahmen kann man auch als "Hobby-Newcomer-Band" schon mal was probieren.

- Wenn du dir die Live-Aufzeichnungen deines letzten Konzertes zu Gemüte führst, höre dir nur die Stellen an, die du auch selber gut findest!

- Deine Fehler, die du auf Tonband hörst, sind nicht allzu schlimm, wenn man so „drüber hört"! Wenn du sie dir zu oft anhörst, kann es sein, dass du sie komplett übernimmst.

- Probe eisern das Programm, nur das ist wichtig! Für Spaß im Proberaum ist später auch noch Zeit.

- Plane ein Konzert in einem Klein-LKW auf einem Campingplatz bei einem Riesenfestival und verwirkliche diese Pläne nicht, weil das Stromaggregat wahrscheinlich lauter sein wird, als die gesamte Band!

- Wenn du Lieder schreibst, ist es egal, wenn du von deinem Stil abweichst! Wenn man von Metal bis Reggae alles spielt, muss es einfach jeder interessant finden und man kann ÜBERALL spielen.

- Aufgabenteilung unter Bandmitgliedern bringt nichts! Wenn du es nicht machst, dann macht´s der nächste.

lG Peter

Re: Aw: Re: 10 Gründe

Von: Tom

Gesendet: Dienstag, 06.09.2011 19:52

An: Peter

Lieber Peter,

kennst du diese Filme, bei denen der Hauptdarsteller immer und immer wieder dieselben Fehler begeht? Bei denen man schon am Beginn der nächsten Szene nicht hinschauen will, weil der Akteur zu offensichtlich in die nächste Falle tappt? All jene, die dieses Fiasko mitansehen müssen, drehen sich weg? Peinlich berührt, tief durchatmend und heilfroh, nicht selber im Körper dieses unbelehrbaren Loser zu stecken? Trotzdem muss man aber immer wieder hinschauen. Eine solch konsequente Selbstzerstörung, die keinesfalls Absicht ist, entstanden durch Selbstüberschätzung, unglaublich falsche Prioritätensetzung, peinliche Überheblichkeit gepaart mit fehlendem Perfektionismus, ignorieren sämtlicher Gefahrenhinweise und gut gemeinter Ratschläge, hat doch auch etwas sehr Faszinierendes...

SCHON WIEDER 10 Gründe + ein weiterer Grund, warum man als Band (wider besseres Wissens und vergangener Rückschläge sowie den Schlussfolgerungen daraus) weiterhin keinen Erfolg haben wird:

- Plane bei Liveauftritten, die du mit schlecht gecoverten Liedern künstlich streckst, im „besonders spannenden" Programm eine Pause ein und kündige sie mit den Worten an: „Nach der Pause spielen wir die Nummern, die wir am besten beherrschen!"

- Verlasse dich beim Bühnenbild auf keine Zufälle und ordne der Erstellung eines Holzgerüstes (für jedes Konzert extra maßgefertigt) die höchste Priorität zu! Immerhin ist die Optik alles.

- Lass dir Backstage bloß nichts entgehen - die Getränke und das Essen sind nur für dich! Fühle dich wie ein König und verhalte dich gefälligst auch so! Mache die freiwillig engagierten Helfer zur Sau, wenn das Bier mal über 5° Celsius hat.

- Die anderen Bands (Newcomer) sind alles Anfänger, die nicht wie du die Erfahrung und den „Checker" haben!

- Die anderen (routinierten) Bands sind verbohrt und haben jeden Bezug zur (musikalischen) Realität verloren! Hilf Ihnen mit Tipps wie „Hey, sauf mal drei Turbobier zum Entspannen!"

- Reagiere auf positive Rückmeldungen nach einem Konzert unbedingt mit drei bis vier Dingen, die dich an deiner Musik oder an deiner Band stört, um besonders „Selbstreflektierend" rüber zu kommen!

- Wenn du live Lieder anderer bekannter Bands nachspielst, musst du unbedingt einzelne Textstellen verändern, um „intellektuell" und „spontan" zu wirken – das Gelaber deiner Bandkollegen, weil du im Proberaum ja eigentlich den normalen Text singst, ist unwichtig!

- Versuche ja nicht das gerade im Proberaum angeeignete Solo gleich zu spielen! Immerhin bist du Sologitarrist.

- Stelle deine Getränke nie NEBEN sondern AUF das Equipment anderer Bands, im Proberaum machst du das auch. So ist es schneller greifbar, und du bringst, auf den ganzen Abend gesehen, mehr rein!

- Wenn du einen Text noch nicht richtig beherrschst, lege dir einen Schummelzettel auf den Bühnenboden und schiele „unauffällig" darauf, um dich zu orientieren! Wenn notwendig, nimm ihn kurz in die Hand.

- Wenn dich ein Rülpser drückt, halte ihn bloß nicht zurück, die Lautstärke könnte dem Publikum imponieren!

LG Tom

Aw: Re: Aw: Re: 10 Gründe

Von: Peter

Gesendet: Mittwoch, 23.11.2011 23:05

An: Tom

Werter Tom!

Natürlich kenne ich Filme in denen Chevy Chase zu plumpen Slapstick-Einlagen genötigt wird, und: ich mag ihn nicht. Nicht der Komik wegen, sondern einfach wegen ihm, seinem Aussehen, seiner Synchronstimme oder was auch immer. Es tut mir leid ihn so vorzuverurteilen, obwohl ich ihn persönlich gar nicht kenne. Ich muss ja nicht jeden mögen und es auch nicht begründen. Lassen wir es einfach so stehen.

Jedoch haben Filme solcher Art – es gibt ja noch andere Schauspieler – absolut ihren Reiz! Sie sind die gespielte Realität und leben von der Inszenierung. Solche Streifen haben den Vorteil, die vorgeführte Peinlichkeit bewusst einzusetzen. Der Gipfel aller Peinlichkeiten aber sind Doku-Soaps – sie sind der Mount Everest der Fettnäppfchentreter! Die Hauptdarsteller suhlen sich im quotenverseuchten Ansehen, stellen aber einen dermaßen natürlichen Kogniti-

38

onszerfall zur Schau, der einem das schenkelklopfende Tränenlachen bei Chevy Chase Filmen wieder schmackhaft machen werden lässt!!

Allein schon deshalb hat sich das Wallraffen in der Bandszene für das Zurechtrücken der Realität von sozialen Phänomenen wie einer Band schon bezahlt gemacht – nur um einfach zu zeigen, wie es nicht geht. Deshalb auch von mir wieder Ergebnisse aus unserer empirischen Sozialforschung, Resultate aus unserer Zeit als Proberaum-Maulwürfe, verwertbare Informationen von Bühnenspionen und nachhaltiges Wissen von Merchandising-Mafiabossen:

WEITERE 10 + 5 zusätzliche Gründe, warum man als Band garantiert keinen Erfolg haben wird – ein Live-Special:

- Wenn ein Fan eine Ungereimtheit im Text bemerkt und dich daraufhin anspricht, sage ihm, du bist nur aus dem Konzept gekommen, weil mitgesungen wurde!

- Lache vor Publikum deinen Bandkollegen wegen eines Fehlers aus, den er gemacht hat, weil du ihn absichtlich geschubst hast,

um ihn auf „Ablenkungstauglich-
keit" zu testen!

- Akzeptiere, wenn jemand aus deiner Freiwilligen-Helfer-Crew 15
Minuten vor einem Auftritt zu
einer Fast-Food-Kette fährt,
weil er die nicht ganz akzent-
freien, humorvollen Äußerungen
und Vorstellungen des Barbesit-
zers nicht 100%ig vertreten kann
und sich abreagieren muss!

- Wenn du miese Laune hast, lass
es raus wie es gerade kommt! Du
bist auch nur ein Mensch und das
Publikum merkt sich so etwas eh
nicht.

- Teile durchs Mikrofon dem Vor-
letzten, aus dem Saal gehenden
Zuschauer mit, dass es ohne ihn
sowieso lustiger ist, und…

- …betone auf keinen Fall dem
letzten Zuschauer gegenüber,
dass du es toll findest, dass er
trotz allem eisern vor der Bühne
weiterpogt!

- Versuche, an dem Ort wo du spielst, einen wunden gesellschaftlichen oder politischen Punkt zu finden und scherze zwischen den Liedern ständig auf niedrigstem Niveau darüber! Deinen Humor verstehen die Leute mit Sicherheit.

- Du brauchst live keine Monitorboxen, es reicht wenn du die PA hinter der Band aufstellst und „leicht drehst"! Rückkoppelungen entstehen so und so, die fallen nicht besonders auf.

- Wenn der Schlagzeuger mal ein paar Monate nicht da ist, organisiere trotzdem ein Konzert! Wenn er zurück ist, kannst du ja 2 Sets aufbauen und als Sänger spontan mitspielen, das lenkt dich auch sicher nicht vom Text ab.

- Wenn du einen Reisebus voller Fans organisierst, achte darauf, dass du beim Bier, das die Fans mitgenommen haben, nicht zu kurz kommst! Immerhin machst du die ganze Sache nur für sie, ein paar Bier vor dem Konzert müssen da schon drin sein.

- Bei einem Soundcheck kannst du ruhig ein wenig herumscherzen und dein Instrument ausprobieren, der Techniker hat ein so gutes Gehör, dass er deine Spielerei von der anderen Gitarre unterscheiden kann!

- Wenn dich ein Fan fragt, ob du nervös bist, antworte mit: „Nein, immerhin hat das Publikum ja keine Ahnung von Musik!"

- Wenn dich ein Fan fragt, wann ihr zu spielen beginnt, dann antworte mit entnervtem Ton: „Jetzt fragst du auch noch – schau doch auf die timetable!"

- Borge dir ganz spontan eine bereits völlig veraltete Lichtanlage aus! Weise, den mit Aufgaben überhäuften, (nichtsahnenden) Manager mit befehlendem Unterton an, die Lichtanlage kurz vor dem Konzert mit einer Leiter, die er sich:

a) „irgendwoher" organisieren soll, zu montieren und

b) diese, ihm völlig fremde Lichtanlage, nach 5-minütigem Selbstversuch zu verstehen und zu beherrschen!

- Überlasse dem bereits betrunkenen Merch-Verkäufer das Megaphon, das eigentlich du auf der Bühne brauchst, und lache, wenn er ehrlich interessierten Fans aus ca. 15 cm Entfernung ins Ohr brüllt!

LG Peter

P.S.: Achtung Tom, nicht dass wir uns falsch verstehen: eine Slapstick-Einlage ist aus meiner Sicht kein Monatsschutz für weibliche Lachkrämpfe, bei denen ein Tröpferl abgeht!

Re: Aw: Re: Aw: Re: 10 Gründe

Von: Tom

Gesendet: Donnerstag, 12.01.2012 17:42

An: Peter

Lieber Peter,

immer und immer wieder drängt sich der gegenwärtig überstrapazierte Begriff "Priorität", verpackt in Seminaren, Vorträgen, Ratgebern mit "Prioritäten richtig gesetzt", in mein Gedankensortiment.

Meiner Meinung nach ist Prioritäten zu setzen aber nichts anderes als Entscheidungen zu treffen. Das Wesentliche herauszupicken und an erste Stelle zu stellen. Sich dafür zu entscheiden, die Kräfte zu bündeln, nur das eine Ziel in den Vordergrund zu stellen.

Was bedeutet das für Bands? Einfach Musik zu machen, zu 100 Prozent, ohne Kompromisse, ohne Rücksicht auf Verluste, mit letztem Einsatz, ohne das Ziel vor den Augen zu verlieren! Es wäre so einfach.

Wenn man dann richtig gute Musik macht und es ganz nach oben geschafft hat, kommt jemand und macht Merchandising für dich als Künstler. Wirtschaftlich erfolgreich. Ergebnisorientiert. Effektiv. Aber ob man sich darauf wirklich einlassen will? Vielleicht entspricht die Einstellung des Merchandising-Chefs deines Plattenlabels nicht deiner "lässig-punkig-cool-alternativ-trendigen-ihr-könnt-mich-allemal-kauft-aber-bitte-meine-Merch-Artikel-trotzdem" Art?

Plötzlich ist oberste Priorität, verdammt schon wieder, Gewinnorientierung und Bandpromotion! Zynismus, Selbstverherrlichung und Selbstzerstörung, kranke, unnötige Messages, die aber für Teile der Bandkollegen nicht unwitzig sind, werden gänzlich aus dem Programm genommen! Genau jene Kleinigkeiten, die das Leben süß machen!

Ob man das riskieren will? Na dann schon lieber rechtzeitig vorsorgen und die Sache selbst in die Hand nehmen...

ABERMALS 10 Gründe + 1 weiterer Grund warum man als Band keinen Erfolg haben wird - ein „Merchandising-special":

- Gib besonders überteuerte Merchandisingartikel in Auftrag und stelle jedes Mal fest, dass du zu wenig bestellt hast, weil wieder für Weihnachtsgeschenke von Geschwistern und Bekannten zu viele Shirts ausgegeben wurden (natürlich behält man auch selber 2-3 Stück, weil diese Kollektion besonders "cool" geworden ist)!

- Bestelle T-Shirts nach, wieder in kleiner, teurer Stückzahl und bleibe dann auf diesen sitzen, weil die Fans bemerkt haben, dass die Qualität der Ware gerade dazu reicht, beim Ölwechsel deines Autos den Messstab abzuwischen!

- Entwirf Visitenkarten, auf denen Wörter wie „schlecht, billig, unprofessionell" stehen, und sei auch nach der Bandauflösung noch mordsmäßig stolz darauf!

- Gehe zu einer ortsbekannten, nicht gerade billigen Druckerei und lasse dich vom Chef überzeugen, dass er den besten Preis macht, und gib ihm den Auftrag, weil dir seine „schrullige" Art gefällt!

- Verkünde bei einem Auftritt spontan, dass beim nächsten Konzert schon neue Artikel am Markt sein werden, die du noch gar nicht bestellt hast und überrasche sogar deine Bandkollegen mit dieser Ansage!

- Plane ein selbst organisiertes Konzert so, dass es kurz nach dem Liefertermin neuer Merch-Artikel stattfindet, das wird ein toller Werbeschachzug! Die Artikel werden schon irgendwie rechtzeitig kommen.

- Zuviel Ordnung bei den Artikeln bringt nichts, beim nächsten Konzert, das erst vereinbart werden muss, wird sowieso wieder alles durcheinandergewühlt!

- Wenn du die T-Shirts bügelst, bringt das nichts! Die Fans kaufen es trotzdem gerne.

- Lagere die Textilien im verrauchten Proberaum! Die Fans sollen ein wenig vom „Flair" der Band mitbekommen.

- Verwahre die Artikel bei einem Bandmitglied! Es ist ganz einfach, bei ihm spontan etwas zu holen, wenn du etwas brauchst.

- Wenn du T-Shirts loswerden willst, auf denen du sitzen geblieben bist, weil du als Band schon weg vom Fenster bist, schreib auf ein Schild über dem Merchandising-Stand in großen Lettern: „Letztes Mal noch überteuert – jetzt GRATIS wegen Geruchbildung!"

LG Tom

Aw: Re: Aw: Re: Aw: Re: 10 Gründe

Von: Peter

Gesendet: Dienstag, 03.04.2012 20:58

An: Tom

Werter Tom!

Überrascht von der Vielfalt beende ich den Zyklus unserer Sammlung mit einer abschließenden Bemerkung:

Mir blutet bereits jetzt das Herz, wenn ich an die zukünftige Generation von Musikern denke, denen ich berechtigte Tränen der Trauer nachweine, weil trotz der vorhandenen Auflistung der musikalische Alltag sie ins Verderben treiben wird.

Ein Handbuch wie dieses muss die Bibel der musikalischen Kreativköpfe, der rettende Anker einer sinkenden Kulturszene, der letzte Strohhalm einer bis zum Hals im Wasser stehenden Musikwelt werden! Nur so kann abgewendet werden, was wir täglich mitverfolgt und beobachtet haben.

Falls es wider Erwarten laute Stimmen geben wird, die dem negativen Ansatz der Sammlung ein schlechtes Zeugnis ausstellen, soll diesen Unkenrufen die Gunst der Ironie, als Gegenstück des über einer Band schwebenden Damokles-Schwertes, erwähnt sein.

Überlassen wir die Bands nun mit unserem Knigge dem Kampf gegen die Windmühlen des Musikmarktes, sowie dem Restrisiko einer selbsterfüllenden Prophezeiung.

LG Peter

Zum Nachdenken 1

Arbeitskleidung für Briefträger?

Zu spät kommende Hormone?

Postbotenstoffe!

Das Lied vom Brot

Lucky der Luke hatte eine harte Kruste, aber einen weichen Kern. Er kam in den wilden Westen, denn er wollte sich esshaft machen und glorreiche Tage erleben. Ofensichtlich stammte er aus der Tundra im Norden, er sehnte sich nach der dieser Landschaft, aber nach dem dortigen Teig a.

Er war resch und frisch - ein echtes Greenkernhörnchen eben. Er zog mit seinem Gebäck in die Bakerstreet mitten in Nashville, dort fand er ein feines Plätzchen und eröffnete eine Pension mit dem Namen Bread & Bakefast. Er ließ auch gleich ein Werbebanner für den Eingang bei der Rezept-ion anfertigen. „Hängt ihn höher!" sagte er zu den Handwerkern, die ihn anfänglich zu niedrig montieren wollten.

Der Luke hatte als Neuankömmling aber auch einige Neider, so manch einer aus dem Kukuruz-Klan wollte ein Stück vom großen Kuchen. Dinkelhafte Striezel gingen ihm auf den Keks und wollten sein Lager plundern, weil sie heiß auf seinen Teigwaren – das sorgte für Sprengstoff in den staubigen Straßen von Nashville. „Ich semmel dir ein paar! Eine Backpfeife bekommst du oben drauf!" schrie ihn einer an. Der Luke überlegte und wollte beinahe schon seine Flinte ins Vollkorn werfen, aber dann verteidigte er sich doch, denn er war Bäcker mit Laib und Seele. Er roch die Lunte: "Lasso mir in Ruhe! Du bist ja ein Kipferl und außerdem nur auf mein Kornspitz! Ähre, wem Ähre gebührt: Hefe nice day!", konterte er colt mit einem Scherzerl. Er gab seinem Pferd die Sporen, das in so manche Fladen von Kühen trat, und ritt wie vom Hafer gestochen weg, um sich danach zu Hause mit Arbeit von diesem Disput abzulenken.

Am Ende des Tages trank er im Saloon von Nashville, um seine vorerst erfolgreiche Ankunft zu feiern, danach hatte er eine volle Brezen sitzen. Er spendierte eine Lokalrunde und sprach einen Toast aus. Dann stach ihm eine spanischstämmige Schönheit ins Auge, sie hieß Maisy Tortilla! „Wow, ist diese Schnecke cross!", dachte er und bemerkte sofort den schönen Zopf der Lady. Romantisch wie er war, schenkte er ihr eine Brioche sowie einen Ring, der an einer Großhandelskette hing. Er blieb mit ihr in Kondukt. Semmeln brachte er ihr für nur eine Hand voll Dollar, damit sie gut nahversorgt war. Wegen dieser Lady waren für den Luke die Mühlen des Alltags leichter zu bewältigen.

Dann wurde es ruhiger um ihn, weil er mit Maisy in die Getreidegasse zog und sich voll auf sein Geschäft konzentrierte. Von seiner dortigen Farm auf einem kleinen Hügel konnte er Weizen – bis zu seinem Feld am Horizont. Mittlerweile bewirtschaftete er selber das Land um seine Farm, um sicher zu gehen, dass das Korn für das Mehl seiner Backwaren das Richtige war.

Als eines Morgens sein Weckerl läutete, stand er auf und stellte fest, dass das Getreide reif war. Er drosch es aus den Ähren und sagte zu seiner emsig helfenden Frau: „Mach´ das High noon, wir verkaufen es dann für ein paar Dollar mehr!" Darauf seine Angebetete: „Okay, ich helfe dir germ!"

Sie produzierten so viele Leckereien, dass sie den gefüllten Wagen kaum von der Stelle brachten. Darum holten sie sich Hilfe und ließen den Wagen zum Ausliefern von ein paar Glorreichen schieben. „Ui, wenn ich das vermarkte, das wird roggen!", dachte er bei sich, und tatsächlich machte er jede Menge Knete mit seinem Brot. Er hatte immerhin Backwaren im Westen wie wild saloonfähig gemacht und das Zeug ging weg wie die warmen Semmeln.

Schlagermenü im Stadl-Restaurant

Nur diese Woche exklusiv:

Hauben-Koch Hansi H. zaubert für Sie, liebe Kochschürzenjäger, zur Vorspeise ein bär(ig)lauchiges Schlagerkarrussupperl, um Ihren Gaumen in die richtige Schunkelstimmung zu bringen. Zur weiteren Einstimmung bekommen Sie als Gruß aus der Küche ein recht deftiges Schmalzbrot. Dazu wird als Aperitif ein BaNana Musquiri, ein Shake mit dem Extrakt aus dem Pircher Mark, empfohlen.

Als nächster Gang steht ein sehr fettreicher Wildecker Herzerlsalat auf dem Programm, dessen seltene Blätter man nur am Andrea Berg oder manchmal noch am Rosenberg findet. Diesen zuzubereiten beherrscht meisterhaft unsere Rohkostexpertin Sigrid, und Marinaden abmischen kann Sie noch viel besser.

Zur Hauptspeise wird von unseren neuen Meisterköchen Marianne und Michael Hirte-Spieß mit Kastelruther Spätzle angereicht, dazu gibt es frisch aus der italienischen Backstube Semin o Rossi. Kochkünstler Michael wurde übrigens berühmt mit Sagern wie: „Clau dia JungRind, wenn du keines zum Kochen hast. Falls du dazu nicht hart genug bist, Borg Andi 5 Kilo aus. Wer dunkle Fische essen kann, kann Helene Fisch a essen!"

Da unser Menü bis jetzt sehr deftig und schmalzig war, wird zur zwischenzeitlichen Verdauungsanregung Klosterthaler Melissengeist empfohlen.

Zur rustikalen Nachspeise können Sie aus mehreren Gerichten auswählen. Es empfiehlt unser Patissier Roland Kaiserschmarrn mit Apfel Mross oder fünf süße Nudeln aus der Mozartstadt – ein Salzburger Nockalm Quintett. Für alle die noch immer nicht genug haben, servieren wir noch eine Schwarzwälder Kitschtorte als Abschluss unseres Schlagermenüs.

Also, Messer und Gabalier liegen für Sie bereit. Wir freuen uns auf Sie! Prost und Mahlzeit!

Zum Nachdenken 2

Die beste Idee für Seite 1 eines Druckwerks?

Seminarname für Bauhandwerker, die ihre Ausbildung bezüglich Abrissarbeiten vertiefen wollen?

Titelvorschlaghammer!

Der Eurokrisenvogel

Du lieber Schwan! Neulich ging ich zur Bank, dort wurden mir so richtig die Flügel gestutzt. Der Bankdirektor hat Vlügel und weil er die ÖSV-Adler kennt, sang er mir ein Lied: „Lieber den Spatz in der Hand, als eine Haube statt ´nem Dach!" Da hätte ich vor Wut zu einer Waffe greifen wollen, aber meine Frau bremste mich und sagte im Dialekt: "Drossel di, låss den Sperling!" Zum Kuckuck, entgegnete ich, da brechen ja alle Latten vom Zaun! König Albertros-tet und ich raste aus, weil Nesträuber mich brutal bedrohen!

Ich weiß nicht, wo ich mein Ei hinlegen soll, darum frage ich einen Snowboard-Spitzensportler, wo er sein Geld anlegt – er heißt Stefan Gimpel. Der verweist mich weiter und meint, ich sollte mich eher im Spirituellen versuchen, mit einem schrägen Vogel der Bücher schreibt und grün ist, Amseln Grün, oder so. Mit dem betest du, bis du ein Rotkehlchen hast, dann ziehst du nach Süden – in Zypern merkst du dann, dass die auch nicht mehr können, als der Riesenvogel Strauss-Kahn. Na ja. Was für ein Tipp!

Das reicht mir nicht, und weil ich das g-ornitsologisch find, sptechtl ich weiter in der Zeitung. Da lese ich: Alle sind Pleite, das ist keine Zeitungsente, ihr Nesthocker! Das stößt bei mir auf Taube Ohren. Trotzdem wird mir schlecht und das steigert sich bis ich grau rei-her – deshalb bleibe ich erst mal auf meiner Couch.

Im Fernseher läuft ein Fußballspiel, wo ei-ner eine Schwalbe reißt. Wenigstens das Fern-sehen kann ich mir noch leisten, ich Tölpel. Ich brauche Arbeit um wieder Geld auf mein Kon-to zu kriegen. Also balze ich um einen Job am Bau. Einer bekommt den Platz am Steuer vom Kran,ich darf schaufeln und scharren.

Ei, ei, Gänsehaut zieht es mir bei dem Ge-danken auf, dass sogar das sehende Huhn kein Korn findet und so viel Federn lässt, dass für mich kein Ei bleibt!

Prioritäten falsch gesetzt

Prioritäten falsch gesetzt, die Erste:

Besucher zu Schwester im Altenheim: „ Ich brauche eine Vase, dringend!"

Schwester zum Besucher: „Kommt sofort, dann ruf' ich den Notarzt halt später an!"

Prioritäten falsch gesetzt, die Zweite:

Feuerwehrmann sitzt im Gasthaus und hat gerade sein Bier bekommen, da heult die Sirene auf. Feuerwehrmann: „ Zuerst trink' ich noch mein Bier, das wird sonst noch warm."

Prioritäten falsch gesetzt, die Dritte:

Ein Ehepaar fährt zu einer Aktion zum Supermarkt. Die Ölkontrolle leuchtet auf. Darauf der Mann: „Ich muss stehen bleiben, die Ölkontrolle leuchtet auf." Darauf sie: „Spinnst du, fahr' weiter – so billig kriegen wir die Korbmöbel nie wieder!"

Prioritäten falsch gesetzt, die Vierte:

Nach einer Verkehrskontrolle sagt der eine Polizist zum anderen: „Der eine bei der Verkehrskontrolle hat ausgesehen wie dieser bulgarische Menschenhändler, dem müssen wir nachgehen!" Sagt der andere: „Aber zuerst müssen wir mal diesen Hippiebus filzen – die haben vielleicht Gras dabei!"

Prioritäten falsch gesetzt, die Fünfte:

Mann zu seiner Frau: „Kauf nicht immer diese teuren Bioprodukte für die Kinder, die neue Spielkonsole hat schon genug gekostet!"

Prioritäten falsch gesetzt, die Sechste:

Chef zum neuen Mitarbeiter auf Probe am Vormittag: „Könnten sie heute eine halbe Stunde länger bleiben und eine für die Produktion wichtige Lieferung entgegennehmen?" Darauf der Mitarbeiter: „Oje, heute geht's nicht, wir haben Mittwochs immer Stammtisch, da möchte ich nicht zu spät kommen!"

Prioritäten falsch gesetzt, die Siebte:

Während ein Krankenpfleger mit dem Hebelifter eine zu pflegende Person auf das WC hievt, läutet sein Handy:

„Na klar kann ich gerade telefonieren, bin ja in der Arbeit… und wegen heute Abend: Ich bin dabei und nehme die Chips mit!!"

Degradierung

In Märchenhaft

Ich bin ein echtes Rampelstilzchen, mit einem schneeweißchen Westerl. Es war einmal eine Zeit, in der ich es nicht vermochte, von mehr als nur der Hand im Mund zu leben. Deshalb versuchte ich mich in Bremen als Stadtmusikant – ich hörte, dass Hans im Glück dort mit seinem Goldesel erfolgreich war und ausgesorgt hatte.

So war es auch meine Absicht mehr zu verdienen, weil ich eigentlich in der Stadt Münch hausen wollte, aber das Geld reichte nicht für einen Umzug. Ich lief Rosenrot an, weil mein Tischchen sich trotz allem nicht alleine deckte.

Meinen Gemüsehändler konnte ich nicht zufrieden stellen, eine einzige Karotte hätte ich ihm vom letzten Einkauf noch bezahlen müssen – ich darf aber erst wieder kommen, wenn ich diese eine Rübezahl. Ich habe ihm die Mär aufgetischt, dass ich nur geschwind meine Frau Holle, die die Sterntaler hat und dann bezahle ich – seitdem wage ich mich nicht mehr in sein Geschäft.

Nur leider beobachteten mich beim Prellen der Zeche zwei grimmige Brüder und die setzten meinem Treiben ein Ende, als sie mich an den Wachmann auslieferten. Der holte den Knüppel aus dem Sack und ich wurde hinter Schloss und Riegel gesteckt.

In der Nachbarzelle des Verlieses hörte ich ein Brüderchen und ein Schwesterchen, sie saßen ebenfalls hinter Gittern. „Weshalb seid ihr denn hier?" fragte ich den Jungen.

Er meinte: „Ich sitze, weil ich ständig mein Geschwisterchen hänsel! Und Gretel, meine Schwester, ließ dies nicht länger über sich ergehen und hetzte den Wolf auf mich! Dieser Wolf griff aber nicht mich an, sondern die sieben Geißlein des Königs, seinen gestiefelten Kater, das Schneewittchen, den Prinzen und dazu auch noch des Königs tapferstes Schneiderlein – elf Opfer waren das schaurige Ergebnis unseres Zwists. Der König konnte den blutigen Anblick von den Elfen nicht ertragen, ließ bei deren Grabe einen Kranz aus Dornröschen niederlegen und steckte uns beide in diesen Kerker!"

Was für ein hässliches Endlein, da konnte ich Nixe mehr drauf sagen! Das war ganz und gar keine gute Botschaft und so beschloss ich, aus der Gefangenschaft zu fliehen, damit mir niemand den Garaus macht.

Da meine Rampunzelhaare jedoch nicht lange genug waren, um sie zum Abseilen zu benutzen, fing ich an zum Aschenbutteln, um einen Tunnel zur Flucht zu graben – mit Erfolg! Ich tarnte mich mit einem Roten Käppchen und verwischte meine Spuren so gut es ging in der verschneiten Landschaft. Die Hunde konnten unsere Fährte nicht im Schnee wittern. Ich floh und durchschwamm einen Teich, in dem war ein Frosch König. Er gewährte mir für eine goldene Kugel Durchlass. So kam ich davon und lebte glücklich bis an mein Ende – und wenn ich nicht gestorben bin, lebe ich noch weiter.

Die Moral von der Geschicht´: Märchenhaft – die gibt es nicht!

Image des Landes

Dieses Land ist eine Barack-e, Schwarzseher
behalten Recht - der nächste Präsident muss
grObamamerikanischen Image arbeiten!

Die Kirche im Wandel

Die Kirchenwelt ist im Wandel. Die Papparazzi haben langsam ihr Interesse an Papa Razzi verloren. Jener will sich seinen Zölibart nicht länger stutzen lassen, schon gar nicht in seinem Altar, quasi Hochaltar. Auf die Frage, warum er diesen Schritt unternimmt, antwortete er nur knapp: „Weil i nimmer länger vatikan!" Mancher dachte sich, ob er das nicht nach Ostern verschieben hätte können, aber von den Orthodoxen erwartet sich Benedikt schon gar keine Rückendeckung... Apropos Rückendeckung – auch hier gehen die Vorstellungen von Bischofshofen über Pfaffstätt bis Pfarrwerfen oft etwas auseinander. Leben die Diener und Untergebenen vom Papst auch oft recht bescheiden und besitzen nur ein kleines Anwesen, liegen diese oft, statt am Wasser zu predigen, auf ihrem Ministrand....

Da muss man sich direkt mal hinsetzen, wenn man das hört. Da gibt es ja in der Kirche mehrere Möglichkeiten, der hohe Stuhl gehört zwar nicht dazu, aber der Beichtstuhl oder die Kirchenbank schon. Zumindest im Vatikan setzt man wieder auf den Klingelbeutel, denn der ist zecherprobt und krisensicher, im Gegensatz zu EC-Card und ähnlichem und muss, im Gegensatz zum schwarzen Geld, nur selten gewaschen werden.

So warten auf den neuen „General" der Kirche, Franziskus, mehrere Baustellen in seiner Armee der Gläubigen. Nicht nur der Ausbau des vatikaninternen Handynetzes (Papamobile) und der Kampf gegen die zahlreichen „Kirchenvolksbegehren", sondern auch das so sehnsüchtig erwartete Erfüllen der „Frauenquote" in der römisch-katholischen Kirche. Viele männliche Kirchenmitglieder erwarten sich, dass die vielen freien Posten der Pfarrerköchinnen endlich wieder besetzt werden und auch hohe Kirchenämter endlich mit Kardinalschnitten bekleidet werden.

Nach dem Motto „lasset die Kinder zu mir kommen", wird mit Spannung der Auftritt des Papstes bei „The Dom" erwartet. Weiters möchte er bei den Jugendlichen mit frechen Sprüchen wie „Bet' and Win" oder Propagandafilmen wie „Betman rising" punkten.

Umstritten allerdings ist die Idee des fußballbegeisterten argentinischen Kirchenmannes im CampNou in Barcelona eine „heilige Messi" zu lesen beziehungsweise im Souveniershop des Vatikans eine „Diego Armando Madonna" zu verkaufen.

Doch bleiben wir demütig und sehen wir zuerst den Split(ter) im eigenen Auge, als den Balkan im Auge der anderen! Oder wie bereits die alten Griechen sagten: Wer ohne Schulden ist, der werfe den ersten Schein.

Slbstlt

S

Sl

Slb

Slbs

Slbst

Slbstl

Slbstlt

Selbstlt

Seilbstlt

Seilbstlat

Seilbstlaot

Seilbstlaout

G-Dicht

Gebieterisch gereicht Gabi Gunter Gleitgel geil
gen G-Punkt.

B-Drohung

Beförderter Beamte Bulle Balduin B. bestätigt bemerkenswert beiläufig: Brutale belgische Banditen begehen bundesweit bösartige Banküberfälle bis bereitliegende Beutel benannter Bande bersten. Bisherige Beute beider begangener Beutezüge beträgt bald Billionen!

Bundespolizei berät bevorzugt betroffene Bankangestellte bezüglich bisher bekannten Bedrohungspotenzials: Bitte Betreuungsbestimmungen befristet bereitgestellter Bargeldmenge beachten!

Bissige Befragungen berühmt berüchtigter Berater betreffend Beschuldigter beginnen bereits. Bestimmte Befehlshaber befürchten betrügerische Beantwortungen beziehungsweise bedenkliche Beiträge.

Bedächtige Berichterstattung bringt baldige Beruhigung bei Bevölkerung. Bürgerinitiativen bedürfen Besserungen beim bevorstehenden Begutachten belasteter Bürger.

Ein Paar

Mein Name ist Schnür – ich bin Großvater Schnürs Enkel. Seit geraumer Zeit stehe ich unter dem Schlapfen. Meine jetzige Frau EuNike traf ich am Deich Mann, ich wollte nämlich nicht Steppen durchschreiten! Cum a hin, hab´ ich ihr über die Vermittlungsagentur ausrichten lassen. Tatsächlich kam sie zu den High heels neben dem Hochwasserdamm. Gib Gummi, Stiefel hast du ja nicht gerade an, dachte ich mir, als ich sie von der Ferne nahen sah. Ich konnte kaum erwarten, dass sie zu unserem Date kam, und etwas spät war sie dran. Wir verglichen die Uhrzeit unserer Clogs. Ich Schuster hatte noch die Sommerzeit eingestellt, weshalb ich feststellen musste, dass ich zu früh war, nicht sie zu spät!

„Bist du der Richtige?" fragte sie. „Ja! Darf ich mit dir gehen?" erwiderte ich, während mir dieser Einstieg in unser Gespräch vor Freude die Luft abschnürte. Ich weiß, meine Anbändeltaktik, also quasi Masche, steckte damals noch in den Kinderschuhen.

„Ich schrei vor Glück! Ja!" rief sie und von da an waren wir ein Paar. Vor Freude hüpften wir, als hätten wir Springerstiefel, und suchten uns zum Wandern einen Birkenstock. Beinahe traten wir auf einen Salamander, und wir hörten das eine und andere Voegele zwitschern. Als Überraschung zeigte sie mir ihre Schlüpfer und drehte für mich ein paar Pirouetten, die sie bei Ballerinas gelernt hatte, worauf ich spontan ´O Sohle mio´ anstimmte!

Wir begossen unser Glück bei einem romantischen Sonnenuntergang mit einigen WeinfLaschen auf einem Plateau mit super Aussicht! Nachdem wir uns betrunken hatten, vergaß ich meine Bikerstiefel auszuziehen, und am nächsten Tag hatte ich Kopfschmerzen vom vielen Trinken. Mann, was hatte ich einen gestiefelten Kater!

Nach ein paar Monaten war die erste Phase der großen Liebe und die Hochzeit vorbei, und plötzlich begann der Schuh zu drücken. Ich aß viele Sneakers und sie ließ sich einfach gehen. Immer häufiger kamen Sätze wie: „Du willst nur, dass ich aus flip!" Flops wie diese waren immer öfter an der Tagesordnung. Einmal mit dem falschen Fuß aufgestanden, war der Tag schon im Eimer.

Wir suchten Rat bei einem Arzt, der uns seine professionelle Paartherapie anbot, er hieß Dr. Martens. Schon beim ersten Treffen gab er uns während einer 9-Loch Golfrunde folgende Anregung: „Herr und Frau Schnür, sie müssen versuchen mehr Converse-ation zu führen und gemeinsam auszusprechen lernen, was ihre Bedürfnisse sind! Möglich wäre das zum Beispiel bei einem gemeinsamen Urlaub bei einer Bikerboots-tour. Man kann sich aber auch statt einem Boot einen Wohnwagen ausborgen, Vansie eher ein Camper sind! Dann fährt man mit dem Wohnwagen zum Strand, dort setzt man sich in den Sand. Aalen kann man beim Fischen nachstellen und die Beute dann am Lagerfeuer grillen. Diese speziellen Situationen sollen einem Paar helfen, mehr ins Gespräch zu kommen und die Beziehung zu retten, so die Theorie von Dr. Martens.

Wir hielten uns daran, gingen aber auch ins Kino und sahen Filme wie ´Schuh des Manitu´ oder ´Soweit die Füße tragen´ und Klassiker wie ´Plattfuß in Afrika´. Im Fernsehen sahen wir die Millionenshow, um unser Wissen zu vergleichen, wobei meine Frau meinte: „Ich Mokassinger nicht so gern – schalt um auf Barbara Stöckel: ´Schuh und du´ ist da heute Thema! Vielleicht können wir da mitdiskutieren?!"

Unsere Situation besserte sich, weil wir viel miteinander redeten. Ich war von den Socken und dachte bei mir: „Adidas berücksichtigten was Dr. Martens sagt, haben eine Chance, ein Paar zu bleiben!"

Mit Esprit arbeiteten ich und meine Frau dann an unserer neuen Geschäftsidee „Bünde fürs Leben", und wir vertrieben jede Menge Schnürsenkel, so hieß natürlich auch unsere neue Firma – wir wollten etwas verkaufen, was zusammenhält. Wir fassten Fuß und standen mit beiden Beinen im Leben. Auf leisen Sohlen wurde ich vom Pantoffelhelden durch hohen Absatz ein Waldviertler Stiefelkönig und werde mit meiner Frau glücklich bis an mein Ende leben.

Unpassend 2

Gesprächsbeiträge in der Feinkostabteilung, die eine etwas übergewichtige Wurstfachverkäuferin durchaus nerven könnten:

- „Bitte ein Leberkäsesemmerl, aber nicht zu dick!"

- Die Frage: "Haben sie auch Sojageschnetzeltes und Tofu?", nachdem sie sich nach langer Zeit überwinden konnte, ihren beruflichen Horizont zu erweitern und sich durchringen konnte, sich auch in der Käseabteilung anlernen zu lassen!

- Eine spindeldürre Karrierefrau meint: „Ich finde kalorienarme Putenwurst nicht schlecht", nachdem die Verkäuferin noch einmal nachfragte, ob diese auch tatsächlich genau DIE Wurst gemeint hat!

- "Mein Kind ist Vegetarier", nachdem die freundliche Wurstfachkraft dem verzogenen Balg ein Stück köstlicher Wienerwurst angeboten hat!

- Der Überwitz: „Sie müssen mir jetzt schon einmal eine Extrawurst machen, hahaha!"

- „Sie machen das aber mit Leib und Seele", meinen aber nicht ihre Kompetenz als Wurstverkäuferin, sondern dies nur als eine plumpe Anspielung auf ihre Leibesfülle!

- „Sie erinnern mich an ein Maskottchen…seit wann hat der Supermarkt eine Kooperation mit Michelin!?"

Erfolgreich in Monaco

Ich bin von einer erfolgreichen Reise zurück. Ich fuhr nach Monaco, dort verdrosch ich ein paar Einheimische, und jetzt singen alle ein allseits beliebtes Lied über mich.

Der Titel:

Monegassenhauer!

Zum Nachdenken 3

Wer will schon neben Al Gorleben?

Der Auer Karl

Es ist aus Calau der Karl Auer,
die Menschwerdung von Kalauer.

Verbaal

Alkoholigarchen

Alkoholigarchen starten mit einem Glasmost
eine neue Bierestroika!

Gesundheitsministerium

Empfehlung des Gesundheitsministeriums an alle Hochbetagten:

Essen sie Ihren Pharmasalat nur wenn im Hintergrund Musik von Placebo läuft!

Downloads finden Sie unter www.opi.at!

Mittwochenmarkt

Als ich als Auswärtiger den Stadtplatz der Bezirksstadt Vöcklabruck durch den oberen Stadtturm betrete, bemerke ich es sofort: Mittwochenmarkt.

Recht viel habe ich nicht vor: ein Buch kaufen und ein Elektro-Fahrrad kostenlos ausprobieren. So eine Fahrt mit einem E-Bike bekommt man nicht jeden Tag geboten, und das will ich einmal probieren.

Ich bin schon etwas über 17 & comme ums Eck. Meine Fussl schmerzen jetzt schon, aber ich raste nicht, sondern besorge erst mal was zu lesen. Die.buchhandlung muss ich erst mal finden!

Plötzlich begegnet mir Herbert: „Theil weise sollte mehr Sportlektüre gelesen werden. Wir brauchen Personen, die dafür Initiative ergreifen und Werbung für alle machen – gratis, an jeden Haus halt" meint er, weil er mitbekommt, dass ich etwas zu lesen brauche.

Ich antworte: "Jaja, Herbert, einen solchen Macher hammer! Wolfgang heißt er - der gibt regelmäßig Tips raus, diese kann man sport-

lich und wirtschaftlich sehr gut verwerten!"
Aber Herberth eilt schon wieder weiter.

Da passiere ich ein Gebäude, da brennt an
der Außenwand ein Licht&i geh aber Libro
mal weiter. Da! Jede Menge Lesestoff, da werde ich gleich in der Wühlkiste daneben Graben. Früher stand da halt noch ein Reh vorm
Haus, ob das jemandem fehlt, frage ich mich?

Weil mir der Tipp von Herbert am Herzen
liegt, kaufe ich Postwendend Sportlektüre,
Anders gesagt ein bewegendes Buch. Es ist
Neu.Dorfer soll hier in Vöcklabruck bald sein
neues altes Kabarettprogramm spielen, sehe
ich auf einem Plakat. Bis jetzt... hab ich noch
keine Karten.

Weil ich aber noch zu den Fahrrädern will,
wälze ich mich weiter durch die Menschen-
menge und sehe an der Ecke den ersten Stra-
ßenmusiker, der singt ein Standl: „...Ring of
fire...". Check in ed, wie solche Straßenmusi-
ker sich über Wasser halten. Na ja, am Wochenmarkt am Stadtplatz gibt's immer wieder
Betuchte und Behütete die ebensolche Kopf-
bedeckungen mit Notgroschen bodenbede-
ckend füllen.

Bevor ich Richtung unteren Stadtturm gehe,
sehe ich gegenüber noch einen Bekannten, der

bestellt gerade ganz resch & frisch ein Schinkenstangerl – er heißt Hermann: „Krenn bitte auch dazu!" ergänzt er während er beinahe rot anläuft wegen der Schärfe des Meerrettichs. Beinahe nebenbei überwacht er das Geschehen. Stets zum Einsatz bereit – ein echter Freund und Helfer!

Akustisch untermalt wird das Bestellgetümmel gegenüber von einem Auerhahn, der etwas unterhalb von seinem Burgstall balzt – der bringt mich regelmäßig auf die Palmers.

Meine Aufregung dauert nur kurz, weil ich diesseits in einem Schaufenster von einer akribisch angeordneten Holzspielzeugauslage abgelenkt werde – quasi ein Lokal-Matador. Hinter der Dekoration sieht man die schemenhaften Konturen eines Mannes, der irgendetwas in seinen nicht mehr vorhandenen Barth murmelt.

Ich werde aus dieser Beobachtung gerissen, da ein Marktschreier einen Platzer von sich gibt und so Kunden locken will. Er muss geradezu schreien, weil es im Schwibbsbogen bei einer Diskussion von ein paar alkoholgeschwängerten Krainern lautstark um die Wurst geht, na Servas, jung sind die nimmer!

Hier, wo das Wasser plätschert, am Platz zwischen den Türmen, steht aber noch ein Herbert. Wie verbrunnsteinert steht er da und ist nicht wegzudenken aus dem Stadtbild. Dieser Herbert gibt mir keine spörtlichen Buchtipps, sondern lädt mich glatt auf einen Kaffee ein, schwarz mag er ihn, gaaaanz schwarz. Leider muss ich verneinen wegen meiner geplanten Fahrradtestfahrt.

Stadtcafe mit Herbert zu genießen, gehe ich weiter mit meinem Schuhwerk auf eine Tribune zu. Es gibt eine Veranstaltung zum Thema Regionalkonsum. Die Veranstalter wollten alle BauernLaden, es sind auch einige Landwirte da. Eine Tanzeinlage gibt dem Thema eine willkommene Abwechslung, die mein Weltbild veränderte.

Hui! Eine leichte Brise mit aRoma weht aus der Jungmairgasse, da treffe ich Helga. Sturm kommt dann auf, aber das wird sie schon managen!

Ich sag´ zu ihr: „Hallo Helga, Werth lege ich auf eine gute Kultur- und Freizeitgestaltung und der Wochenmarkt ist für mich ein Pflichttermin. Hier kann ich mich beinah´versorgen und eigentlich gibt es fast nichts, was es am

Wochenmarkt nicht gibt! Vielfalt mir da nicht ein, zum Beispiel Maroni."

„A Ge‚Nuss' kann man schon auch kaufen" erwidert sie, und eigentlich hat sie da auch recht. Der vielen Leute wegen sag' ich zu ihr: „I hoff, i werd mi ned varena!?" Aber sie drückt mir einen Stadplan mit Gratispark-platzhinweisen in die Hand, das gibt mir wie-der Orientierung.

Mit Esprit gehe ich weiter und endlich habe ich mein Ziel erreicht! Ich sehe Elektrofahrrä-der zum Ausleihen. Ihr wisst schon, solche Dinger die einen halt wo „Hin bringen". Ich nenne sie gerne HinDinger! Stefan heißt der, der sie verleiht und bietet mir eine kostenlose Fahrt mit so einem Stadtrad – wie er sie nennt. Ich glaube, so ein Drahtpferd sah ich bereits zuvor, als es Eva Ritt, auch eine Bekannte von mir. Den Stadtplatz runter Zur Brücke ist die Eva gefahren um genau zu sein – dort traf sie beim Wasser an der Vöckla Susanne, die Fi-scherin!

Aber eigentlich sind die Fahrräder für Ste-fan nur ein Nebenjob, erzählt er mir. Er hat irgendwas mit Grün-anlagen zu tun. Nebenbei nimmt er Stein für Stein und setzt mit Impuls ein Mosaik zusammen. Das ist gut so, damit niemand einen Korb bekommt.

Jetzt ist es aber endlich soweit: ich fahre los. Auf geht´s. Einmal den Stadtplatz rauf, und wieder runter. Noch einmal winke ich meinen Bekannten zu, da sehe ich vor mir auch noch Christoph und eine Rill e......

...Autsch! Jetzt habe ich mir vor lauter Ablenkung bei einer Pflasterfuge das Vorderrad verdreht und bin über den Lenker abgestiegen - mit dem Kopf auf das Steinpflaster bin ich gefallen! Das Rad hat wegen des schwungvollen Abstiegs noch weitere sieben in der Bezirksstadt wohnende Personen in Mitleidenschaft gezogen – auch sie tragen neben vollen Taschen und leeren Geldbörsen auch noch Verletzungen davon!

Das Resultat: sieben Personen mit leichten Abschürfungen, meine Stadtplatzwunde, und noch was: Bei dieser Aktion habe ich auch noch meine Schuhe ruiniert. Gerald, ein Schuster der gerade daneben stand, kümmert sich um die Rettung meiner Treter und gibt mir gleich noch einen Tipp: „Geh zum Arzt, der Wilhelm heißt!"

Ich antworte frustriert: „Ich hab Null auf Dr. Wilhelm bock!"

Er setzt trotzdem einen Notruf ab, die Rettung naht und liefert alle Verletzten in die Notaufnahme. Was sein muss, muss wohl sein. Ich, als verletzter Besucher in der Bezirksstadt, muss einen Tourismusverband anlegen, erst danach können ich und die anderen SiebenBürger heim.

Zum Nachdenken 4

Protestmarsch asiatischer Agrarunternehmer
gegen einfach zu öffnende Mikrowellen-
Fertiggerichte?

Organisierte Sportveranstaltung für fitnessbe-
geisterte, paarungswillige Singles?

Reissauflauf!

Fußball - Schule des Lebens

Ich besuchte eine Realschule in Madrid. Ich eckte überall an, Corner verstand mich und selbst Turnlehrer Frank(o) hatte mich am Kicker: "Wir haben Sport – bild dir nichts ein, so schaffst du es nie auf die Akademie, trotz feiner Batschen aus Istanbul, besikterweise reißt du dich jetzt zusammen." Auch mein Vater mahnte mich, gute Leistungen zu bringen. "Mainz 05er im Jahr?", konterte ich. Ja, sagte er, und auch 6er haben wir schon genug! Juventus so is, tur i in nächster Zeit mehr für die Schule. Ich nahm mir also fest vor, einmal in Eintracht von Frank furt zu gehen. Darum wollte ich mich auch beim Schwimmen steigern, denn ich sag: Liverpool als trocken Abstauben. Das erinnert mich daran, auch in den englischen Wochen Gas zu geben.

Ändere dich so rapid wienur geht, dachte ich mir, sonst landest du auf der Straße und wird für dich nie eine Villa real! Das gab mir den Anstoß, am Ball zu bleiben, ich stand schon lange genug im Abseits, ich wollte nie wieder in den Strafraum. Ich hatte bald ein Arsenal an Ideen parat, wie ich meine Position wieder nach oben bringen könnte. Ich legte mir eine offensive Taktik zurecht. Mit meinem letzten Geld bezahlte ich das Porto für einen Brief, den ich an meinen Cousin, er wohnte hinter Mailand, schickte. Der hattrick's auf Lager für mich, der schafft 3 x so viele Sachen in der halben Zeit wie unsereiner! Das war für mich wie ein Befreiungsschlag!

Auf einmal hatte ich auch bei den Mädchen Erfolg und lernte die erfolgreiche Chelsea kennen, ich schenkte ihr eine Viererkette, als wir ins nächste Stadion kamen. Bei unserer ersten Reise fuhren wir mit der transsibirischen Lokomotive Moskau entgegen. Als es in meiner Flanke zu kribbeln begann, zog ich die Notbremse. Oft genug musste ich ein Handspiel machen, ich hoffte diesmal auf einen Freistoß. Ganz sicher war ich mir aber nicht, ob ich mir mit diesem Angriff kein Eigentor schieße und dann mit hängender Spitze dastehe. Als sie meine Latte sah, fing sie an zu lachen und fragte nach einer Verlängerung, was an meiner beziehungsweise seiner Aufstellung aber nichts veränderte. Ich antwortete ihr mit einem geschickten Einwurf: "So lange ich in dein Lochpass! Letztendlich waren wir dann doch auf gleicher Höhe und ich nahm mir auch noch für das Nachspielzeit.

Als wir nach dieser Auswärtspartie wieder nach Hause kamen, wusste ich noch nicht, was meine intensive Deckung für Folgen haben sollte. Ich war in der Defensive, wollte in diesem Fall Rückzieher aber vermeiden und sie war die Frau, die mich aus der Reserve locken konnte! Eine Saison nach unserem Doppelpass, als ich gerade beim Krankenhaus 11 Meter entfernt vom Torwart, kam nach intensivem Pressing unser Doppelpack auf die Welt. So lebe ich glücklich in der Aston Villa für den Nachwuchs und Chelsea - die findet mich immer noch nicht Abstoß(End).

Unpassend 3

Dinge, die man nicht zu Personen sagen soll, die einem gerade das Leid wegen ihres Alters klagen:

- Die Gesundheit lässt halt dann auch schön langsam zu wünschen übrig, was man so hört...

- Na, auch schon den Kontakt zu den Kindern verloren?

- Die meisten Leute in diesem Alter, die ich kenne, sind schon senil!

- Ein ungutes Gefühl, nicht mehr gebraucht zu werden, oder?

- Ich freue mich auch schon aufs "Herumtrödeln" und "Leute aufhalten" - das kann so richtig Spaß machen!

- Kaum vorstellbar für mich, dass man dann das(sein) Leben an einem (selber) vorbeiziehen sieht...

- Ich komme jetzt schon nicht mehr mit der technischen Entwicklung mit, wie wird das erst in deinem Alter?!

- Wie ist das eigentlich mit der pürierten Nahrung? Kann man die echt auch mit Strohhalm zu sich nehmen?

- Schlimm ist, wenn man im Alter nicht mehr die Zeit und Chance hat Fehltritte auszubessern!

KNPLCH

```
            K
            N

    L    : :   C H
            P
            F
```

Wussten Sie, dass...

...der Pornodarsteller "LongJohnSilver" in seinen besten Jahren als eine sogenannte Stielikone galt?

Schauspielschülertreffen

Klappe. Wie ein Film läuft die vor Jahren absolvierte Ausbildung an einer renommierten privaten Schauspielakademie in den vereinigten Staaten an mir vorüber, als ich die Tür zum Restaurant „Casting-lione" betrete. Gott sei Dank lassen mich Sydney der Poitier und seine Kollegin Meg gleich Ryan ins Restaurant, während ein lauter Ruf aus einer Ecke das Ritual zum Anschneiden der Jubiläumskalorienbombe einleitet: „Schnitt!" Uff, ich bin gerade noch rechtzeitig!

Spontan schnappt sich eine Statistin aus der Partygesellschaft ein fürs Entjungfern der Mehlspeise geeignetes Küchenwerkzeug und vollendet, was nach lautstarker Ankündigung ohne Theaterdonner über die Bühne geht: das Anschneiden und die Verteilung der Schaum-Rollen – ausgeführt von Liv, die das wirklich gut kann. Ach, wäre ich doch auch so ein guter Tyler wie sie!

Bei diesem Schauspielschülertreffen erfahre ich von berühmten ehemaligen und aktuellen Kollegen aus der Schauspielszene beim Tratschen die wichtigsten Informationen über ihre neuesten beruflichen Entwicklungen und

Hobbies, noch bevor sie in der Sunset-Boulevard-Presse landen und zu teekränzchenbesuchergeeigneten Undercover News komprimiert werden.

Die für heute erhaltene Einladung ziehe ich aus meiner Tasche, um die auf der Rückseite befindliche Platzeinteilung zu durchforsten und um festzustellen, wo und neben wem ich sitze. Kevin zeichnet für das spacyge Layout auf der Einladung verantwortlich, lese ich. Mein zugewiesener Platz ist links neben Heath, der Ledgere Mode vertreibt, das weiß ich noch vom letzten Treffen vor zehn Jahren.

Während ich mich grüßend setze, wird am Tisch schon über die Umtriebigkeit der Anwesenden diskutiert. Beim Zurechtrücken des Stuhles streife ich Charlies Sheenbein. Seinem Aua begegne ich natürlich mit einer Entschuldigung. Dieser Fauxpas stört zum Glück nicht das gerade laufende Gespräch: „...ja, und es ist unglaublich! Richards Gere als Manager dieser europäischen Drogeriekette „Douglas" entbehrt jeder Grundlage! Ich verstehe überhaupt nicht, dass Michael seinem Vater bei Douglas als Manager nachfolgte!" gibt Ornella echauffiert von sich, sie wurde erst vor kurzem Muti und kauft deswegen immer wieder in dieser Drogeriekette ein.

„Habsucht ist eine Eigenschaft, die Manager haben müssen. Seht euch doch Jean an. Reno – die Schuhkette ist beinahe von ihm aufgekauft, nachdem er zuvor eine in Frankreich ansässige Automarke übernommen hat!" sagt Joaquin aus Phoenix, der Großstädter aus dem Westen.

„Da gebe ich dir Recht. Bei uns in den Staaten ist es ja genauso, und durch die Vernetzung von Betrieben konnte auch Harrison punkten. Einer der größten Autohersteller hat ihn für sich entdeckt, jetzt hat er mit Vin einen Treibstoffhersteller im Boot. Tom cruised mit Touristen werbeträchtig mit Harrisons Ford und Vin´s Diesel herum – nicht schlecht, und auch nicht allzu schade um deren Talent als Schauspieler...!" wirft Orlando, der Bloomenhändler ein.

Hui, der wagt sich aber weit hinaus, wie er über die schauspielerischen Fähigkeiten urteilt. Ich für meinen Teil behalte solche Kommentare besser für mich, denke ich mir insgeheim, weil die Betroffenen am Tisch sitzen.

Außerdem finde ich schon die spezielleren Geschäftsideen interessanter: Links gegenüber sitzt Kurt, der verkauft Russel für Kinder.

Franka, eine ganz Potente, sitzt neben ihm, sie handelt mit Viagra. Daneben sitzen Richard, der Burton-Snowboards vertreibt und Kevin, der Klinetierzüchter ist. Demi und Roger machen Moorepackungen. Der Allerschrägste ist allerdings Matt: er vertreibt jeden Damon, er ist Exorzist!

Plötzlich werde ich von Cameron mit Blitzlichtgewitter aus meinen Gedanken gerissen, sie wurde für den heutigen Abend fürs Fotoschiessen engagiert. Ihre Visitenkarte drückt sie mir in die Hand. Darauf steht: "Cameron – Dias, Universalstudio für gute Fotos ohne Abzug."

„Wow, Cameron! Ich bin beeindruckt, wie konntest du dein Hobby von damals im Studentenheim zum Beruf machen?" frage ich sie, mit ehrlicher Neugier und freue mich, dass ich sie mal wieder sehe.

„Na ja, weißt du, mein Freund Eddie hat so ein Antivirenprogramm geschrieben, und seit dem Edward Norton rausgebracht hat, ist viel Geld reingekommen, und jetzt kann ich mich in der Fotografie verwirklichen!" antwortet sie im Glück badend.

„Nicht schlecht! Eddie, hat der nicht auch ein Doktorat abgeschlossen?" frage ich sie.

„Nein, Nein! Du meinst wohl den Anästhesisten Dr. Eddie Murphyum! Der hat ja überaus großen Erfolg, ich weiß aber nicht in welchem Krankenhaus. Er hat sich nach seinem Studium von seinem Kollegen George wissenschaftlich getrennt. Er konnte ethisch die genetischen Klontendenzen seines Kollegen nicht vertreten. Dass George Clooney von Tieren produzieren wollte, störte Eddie von Grund auf!"

„Ganz meine Einstellung! Da ist es ja noch vertretbarer wenn man, wie einer aus dem ersten Jahrgang unserer Schule, sich aufs Glückspiel konzentriert. Anthony´s Quinnspiele erfahren immer noch regen Zulauf!"

„Ja, Winona hat so viel bei ihm gewonnen, dass sie sich ihren Traum einer Pferdeschule verwirklichen konnte und jetzt trainiert Winona Ryder! Bei Gelegenheit hilft ihr Sylvester, der mistet den Stallone Schuhe aus, habe ich gehört! Ekelhaft, nicht?"

„Ja schon, aber stelle dir das einmal vor: Ich habe gehört, dass die Vorfahren Arnolds mit Schwarze Negger gehandelt haben, ist da was dran?!"

„Das glaube ich nicht, weil immerhin…"

Mein Zwiegespräch mit Cameron wird von plötzlich laut aufgedrehter Musik unterbrochen. Erste Augenverdreher mischen sich unter die Kopfschüttler, denn Meryl streept spontan, weil sie wieder einmal zu tief ins Glas geschaut hat, während ihr Begleiter am Tisch sitzend, offensichtlich ebenfalls beduselt, seinen Kopf in den rücksichtslos Richtung Sitznachbarn gestreckten Ellenbogen drückt. Da ruft die am Tisch Tanzende: „Typisch Sean, penn du nur weiter!" Diesen peinlichen Umstand nutze ich, um mich in Richtung Hintertür davon zu schleichen, das kann es ja wohl nicht sein!

Als ich mich elegant durch die Schwingtür zum Personalbereich rausdrehe, macht mich ein an der Wand hängender Patenzettel stutzig. Ich sehe darauf das Foto einer alten Bekannten. Darunter steht: „Elisabeth, Taylorwäscherin aus Leidenschaft. Einst in der Restaurantküche „Casting-lione" - jetzt im Land der american dreams."

Da kommt ein Koch aus der Küche in den Gang, in dem ich wie angewurzelt stehe und fragt mich, während ich weiter fassungslos auf die Todesnachricht starre: „Na, haben Sie sie gekannt?"

„Kaum. Aber das eine oder andere Teller, das ich benutzt habe, wird sie wohl gespült haben...", gebe ich nachdenklich von mir. Der Koch, durch mein versteinertes Innehalten angesteckt, meint: „Ja ja, so spielt das Leben. Sie kümmerte sich um die Jausenbretter, die die Welt bedeuten!"

„Haben Sie lange mit ihr zusammen gearbeitet?"

„Nein. Es war aber eine sehr turbulente Zeit. Übrigens: ich bin Chefkoch Kevin. Bacon-Burger sind meine Spezialität. Nach meiner Schauspielausbildung war ich lange Zeit im Fast-food-Restaurantbereich, bis ich die Stelle hier im ´Casting-lione´ annahm."

„Was!? Kevin? Na dann waren wir ja gemeinsam mit Micheal, John und Adam in der Highschool, oder - so groß ist unsere Stadt dann auch wieder nicht?!"

„Ja sicher, jetzt erkenne ich dich erst wieder! Einen Jahr vor mir hast du abgeschlossen! Ich dachte nicht, dass du heute noch auftauchst! Vor zehn Jahren war ich ja nicht dabei, umso mehr freut es mich, dich heute zu sehen!" entgegnet er mir.

„Ich bin aus dem Stehgreif hergefahren und kam ein wenig später. Was ist jetzt mit Michael, John und Adam, weißt du was Genaueres?"

„Micheal? Caine Ahnung was der gerade macht und John erWayne ich erst gar nicht, der dürfte weiter Richtung Westen gezogen sein. Adam ist und bleibt ein Sandler. Trotzdem ist Sigourney Weaverrückt auf ihn!! "Wieso bist du eigentlich nicht bei den anderen?" fragt er mich.

„Es war gerade ein wenig peinlich. Außerdem bin ich vorige Woche mit meiner Freundin Regiena unterwegs gewesen und hatte plötzlich ein Blackout. Ich habe die Befürchtung, dass das heute nicht happy endet und ich noch einen Filmriss...

Zum Nachdenken 5

Wenn jemand sagt was er denkt,

heißt das noch lange nicht,

dass er weiß, wovon er spricht.

Betriebsraten

Nahezu täglich, also quasi Daily, höre ich von einer Alpinen Pleitemeldung, das kommt mir spanisch vor!

Betrieblichen Ausgleich findet man nur, wenn die Masse der Verwaltung in der Masseverwaltung nicht abgeliefert wird und Zulieferer den Auftraggebern das nicht abnehmen. Da wird der Bau- zum Sozialplan, aber niemand hat einen Plan, wie sich das sozial auswirkt. AMSichersten ist es, man holt sich noch während des Betriebs rat.

Dann kommt einer, der ein Gehwerk schafft – Hinweistafeln zu Fuß tragen und demonstrativ die Verantwortung beschildern. Ob diesem Rückhalt jemand Vorstand?

Immer zahlen die Arbeiter drauf, weil scheinbar bei denen die Arbeitszeitreduzierung am flexibelsten umzusetzen ist. Es sei aber auch betont, welchen Lenz ing enieure haben – Mann, wie sich die manchmal anstellen!

Das sind die Momente in denen sich Fleischer denken: „Ach wär´ ich doch Niemetz ger geworden!"

Es hilft einem nichts, wenn der Vorgesetzte sagt: „Doubrava Arbeiter, deine Einstellung ist sehr gut! Es freut uns, wenn du arbeitest, bis dir dein Schlecker raushängt", wenn dann im nächsten Moment gefordert wird: "Knie Niedermeyer und bete wie ein Gläubiger, dass unsere Verhandlungen fruchten!"

Am besten folgt man dem Hinweis, sonst wird der Arbeitgeber zum Arbeit-weg-nehmer.

Mit den jährlichen Nullohnrunden kann ich mir den Konsum von Lebensmittel nicht mehr sorgenlos leisten! Dazu kommt, dass mir die politischen Beobachtungen die Luft abschnüren: Millionen werden weg-gemanagt, dann wird die zuvor gepriesene Privatisierung mit dem Bankschalter notverstaatlicht und zur Kasse wird der Kunde gebeten, der von den Kassierern zuvor zum König gekrönt wurde - das ist doch zum Hypoventilieren!!

Zum Nachdenken 6

Das, was einem gefällt, ändert sich.

Mir gefällt das.

Ümmit wieder Österreich

Was die gemeinen Fußballfans wieder für alabane Aussagen machen… Beispielsweise, weil wir in unserem Nationalteam Gar ic dabei haben. Ich persönlich Marc an autovic genauso, es ist gut, dass nicht nur Hierländer spielen und wär langweilig, wenn's nur unsere Leitgeb. Hauptsache, wenn sie die Hosiner nicht voll haben und man hinterher nicht fragen muss: "Why Mann? Pogadetz net ein anderer besser?"

Es gibt kaum einen Fussballfan, der Kon-Rad zwecks Team hätte, konsel ten einen finden, der nicht über die Aufstellung des Teamchefs herzog. Darum sind wir ja froh, dass wir ju nu so vics in der Hinterhand haben… Aber mir geht's genauso: i van, schwitz und fiebert mit den Burschen schließlich auch immer mit, do kienast oft aus der Haut foan! Wir hatten ümmithin schon haufenweise verkorkmazte Spiele.

Man muss ehrlich sein, in der Vergangenheit hat es oft an allen Ecken und Enden gekrankelt und gehappelt, was haben doch schon für Pfeifenberger für uns gespielt, da kriegt man echt Schöttelfrost! Allmählich reichelts, wir sind ja nicht die Punktewohlfahrt für andere Fußballnationen! Im Ernst, wenn wir nicht bald neue Kühbauer und Watzingers von den Almers heruntertreiben, wird's wieder nix mit der Quali. Wir müssen ja eh nicht gleich Weltmeister werden, da lassen wir schön die Kirchler im Dorf. Trotzdem sind constantini Leistungen gefragt, Kurt gesagt: jaralang! In der Zukunft brauchen wir eine bunte Truppe, der es egal ist, ob sie sich zu Kaflakt oder bei Mayerlebt, wo es keine Rolle spielt, ob der Spieler aus der Steier- oder der JankoMark ist, Spieler mit Pfeffer, richtige Streiter, die zusammenhalten, wie Kopf und Polster.

Eine kreative Multikultitruppe brauchen wir, nur die kann einen Kollerteralschaden verhindern, aber es gibt noch einen Hoffnungsschiemer! Auf dass wir bald wieder auf jeder Feiersinger können:

Ümmit wieder Österreich!

Modalverbau

Sollte man dürfen müssen,
könnte man wollen mögen.

Stroheu

Der frankanadisch cosmo-politische Querein-
steiger muss, um die sprichwörtliche Nadel zu
finden, im Stronachsehen!

Ob er sie finden Mag: na, oder ja?

Wird man sehen!

Zum Nachdenken 7

Wähler jener Partei, deren Gründer ehrgeizige Eltern sind, die sich zum Ziel gesetzt haben, dass ihre Sprösslinge in der Schule häufiger schriftlich überprüft werden:

Protestwähler!

Eieruhr deluxe

EIERUHR DELUXE

Wussten Sie, dass...

...ein Pfarrer, der beherzt seinen Hof kehrt, im Fegefeuer ist?

...wenn ein Reh jemandem den Spiegel vor die Nase hält, es meist ein beschissener Anblick ist?

...in beengter Umgebung tätige Knetmassefanaten meist eine Fimose haben?

...Radfahrer bei Bergwertungen meist eine angestrengte Tretmiene machen?

...ein langweiliger Ausbildungsplatz als gähnende Lehre bezeichnet wird?

Zum Nachdenken 8

Ich lasse mich von einer Tugend jagen,
es ist die Pünktlichkeit aus Jugendtagen!

Zum Jahreswechsel

Sylvester Stall one Skrupel Raketen vor dem Racletten, as von Jane's Fondue, Albert mit Schweizer Krachern herum, zündet mit Heinrich Böll a, betrinkt sich mit Schamp Anja, lässt sich noch von den Philhar Monikas ein Ständchen blasen, nimmt sich Anlauf, um keinen MorgenStern zu reißen und gekonnt an den K-Punkt ins neue Jahr zu rutschen.

Prosit Neujahr!

Wussten Sie zum Thema Gerichtsbarkeit, dass...

...straffällige Eskimos häufig vor ein Gefrorenengericht gestellt werden?

...Adelige nicht davor gefeit sind, hinter Schloß und Riegel zu kommen? Beispielsweise beim Übertreten von ParaGrafen?

...das Zeugenschutzprogramm im Gefängnisfernsehen nicht zu empfangen ist?

...ausgerechnet im Gerichtssaal nichts gegessen werden darf?

...ein gewisser Ali B. vor Gericht stets eine tragende Rolle spielt?

...eine Falschaussage eines Zeugen oftmals als Zeugen-aus-Sage bezeichnet wird?

... häufig im Salzkammergut ein ausseergerichtlicher Vergleich angestrebt wird?

...Schafe am liebsten kein Haar lassen würden, wenn sie vor dem Schurgericht stehen?

Apropos schwarze Schafe: Für ein paar Talar mehr lassen sich auch Richter kaufen...

Neu entdeckte Krankheitsbilder

Suchtartiger, fanatischer Sammler von Stickern, alle zwei Jahre bei sportlichen Großereignissen wiederkehrend:

Klebtomane

Zwanghaft statischer Berechner der Tragfähigkeit von Ästen, saisonal ausgeprägt, meist zur Kirschernte, mit ausgeprägter Fallangst bei der Baumobsternte:

Astmatiker

Mensch, der krampfartig und suchtmäßig Smartphoneanwendungen herunterlädt:

Appileptiker

Jemand, der Feuer und Flamme für Schreibtischarbeit ist:

Büromane

Selbstdarsteller aus Bad Aussee:

Narrzist

Personen, die ständig Bälle fangen wollen, haben das:

Torrettsyndrom

Jemand, der unkontrolliert lustige Live-Nachrichten online stellt:

Spassticker

Die, die alles in neues Rot färben wollen (besonders verbreitet unter Hörgeräteakustikern):

Neurotiker

Dreckiger Wahlkampf

Oder: Wutrede zur verkackten Situation im Staat:

Toi toi Letten, spreche ich euch jungen Balten und Europäern Mut zu, endlich den richtigen Knopf zu drücken. Wir müssen endlich über den Clorand hinausschauen, die Reißleine ziehen, es ist an der Zeit und – es ist doch die natürlichste Sache der Welt. Bürsten wir den braunen Belag hinweg, dass auch die folgenden Generationen ein würdevolles Leben und Loslassen haben!

Denn ich weiß genau – den vielen anderen Parteien entweicht oft nur heiße, stickige Luft und die Taten, die ihren Worten folgen, sind, seien wir doch mal ehrlich, wirklich oft der letzte Dreck. Ihre dreckige Wäsche waschen sie viel zu selten – wie abortig!

Wir kennen doch ihre Kuschelweich-Rollen, wie sie jedem Arschloch den Hof machen – und letztendlich endet doch nur alles in einem Kanal des Abschaums.

Ihren Kot haben wir doch längst entschlüsselt – und ich sage euch: die Kacke ist am Dampfen!

Denn wenn der Stift schreibt, oder nennen wir ihn Gully, ist es meist zu spät!

Aber wir geben nicht auf, wir werden die Ratten in die Schlucht jagen, bis sich die Donnerbalken biegen, auch wenn es anfänglich nur der gelbe Tropfen auf dem heißen (Urin) Stein ist. Wir werden uns selber aus dem Dreck ziehen – ja, denn: Shit happens!

Seien wir doch ehrlich, der Gestank der Verwesung in diesem Reich raubt uns doch allen den Atem und wir bekommen Brechreiz bei diesen Zuständen. Aber der Tag der Abrechnung kommt – alle müssen einmal die Hosen runter lassen und ihrem Drang nachgeben. Dann wird es ganz still werden, in diesem Örtchen.

Aber bis es soweit ist, dass schwere Donnerwetter aufziehen und frischer Wind, liebe Genossinnen und Genossen, müssen wir hart bleiben, weil wir sonst durchfallen. Cosy es, was es wolle.

Denn wie schon die alte Indianerforscherin Isolde Stuhlen gesagt hat: Wenn das letzte Hakle vertrocknet und die letzte WC-Ente ausgerottet ist, werdet ihr merken, dass man frische Luft nicht kaufen kann! Danke!

FSC
www.fsc.org

MIX

Papier | Fördert
gute Waldnutzung

FSC® C083411

Zeitfracht Medien GmbH
Ferdinand-Jühlke-Straße 7
99095 Erfurt, Deutschland
produktsicherheit@kolibri360.de